文芸社セレクション

ハロー・グッバイ

～婚活女の母、認知症になる～

片山 円水

KATAYAMA Emi

文芸社

ハロー・グッバイ

～婚活女の母、認知症になる～

その日の朝は知らない番号からの着信で始まった。前日の夜は遅くまで、パソコンを使ってのリモート会議が長引いたせいか、目が乾燥して、視界がぼやけていた。携帯電話の液晶画面に浮かび上がる未登録の番号…。また健康食品の勧誘だろうか。一瞬、躊躇したがその市外局番には見覚えがあった。私の実家地域の番号だった。

「もしもし」

声が掠れてうまく喋れない。寝起きはいつもこうだ。母方の祖母が喘息持ちだったからか…。いつも体調不良は喉からやってくる。

「有川美和さんのご家族ですか？」

凛とした声のそれは、警察からの連絡だった。母が家の近所で迷子になり、派出所に保護されているのだという。

「すぐ向かいます」

母は一人暮らしだ。他に頼れる家族も近くにはいない。私は嫌な予感を胸に、慌てて高速バスセンターに向かった。

派出所にはパイプ椅子に座って、警官と談笑している母がいた。

「あら、早苗ちゃん。ごめんなさい。お仕事忙しいのに大丈夫だったかしら」

母と会うのは実に二年ぶりだ。

電話では時々、話をしていたが、用事を済ませる程度で、仕事にかまけてろくに話もしていなかった。

「いやね、ウオーキングの途中だったのよ。ほら、このご時世でしょ、外出する機会が減ったから太ってきちゃって。でもねぇ、久しぶりに張り切って出かけたら、ここがどこかなんだかわからなくなってしまってねえ…」

マスクをしているせいか声が籠もっていて聞き取りにくい。だが、持ち前の明るさは健在だった。

ただ、母の姿には妙な違和感があった。

いつもなら綺麗に化粧をして外出するのに、眉毛も整えていないしアイメイクもしていない。

特に違和感を感じたのは着ている服だ。見覚えのある色合いだと思ったら、私が高校生の時に着ていた緑のジャージだった。

母が運動するときは、おしゃれなピンクのポロシャツにウィンドブレーカーというのがお決まりの姿だった。それが今の格好はダサい高校ジャージに、サンバイザー。妙にちぐはぐでどこか滑稽でもあった。いつもの母のようで母らしくない。それは些細で妙な違和感だった。

「娘さん、迎えに来てくれてよかったですね」

派出所には二人の警官がいて、母の応対をしてくれていた。若い方はちょうど私と同い年くらいに見えた。電話をかけてきたのは彼だったようだ。よく響く声で、母の話にやさしく耳を傾け、時々、合いの手を入れてくれる。笑うと警官特有のがっしりとした体つきが大きく揺れた。よく鍛えられた身体なのが、制服の上からでもわかった。

「この方が声をかけてくださったのよ。とっても好青年で、私、気に入っちゃったわ」

「好青年だなんてとんでもない。もう四十を過ぎたおじさんですよ」

心底照れた様子で、その若い警官は否定をした。

「そんなことないわよ。ねえ、あなた、ご結婚はされているの？　よかったらうちの娘なんてどうかしら」

「ちょっと、お母さん」

「いいじゃないの。ダメで元々っていうじゃない」

「いえいえ、僕なんか足元にも及ばないですよ。娘さん、こんなにお綺麗な方だったら、もう決まった人がいるんじゃないですか」

「あら、そうなの、早苗ちゃん」

「いないわよ、そんな人」

「あら！　じゃあ、いいじゃない」

「お母さん、この話はもう終わり。これ以上はご迷惑よ」

「そうね。お父さんが待ってるわね」

ドクン。自らの心臓の音が、一瞬、大きく聞こえた。父は三年前に癌で他界している。

ひょっとして母は…。いやいや、何かの冗談だろう。周りには警官たちもいるので、私は何も言えなかった。とにかく早くこの場を収めたかった。派出所では書面にサインをし、私たちは家へと向かった。


久しぶりに実家に戻って驚いたのは、部屋が散らかり放題だったことだ。整理整頓に厳しい母なのに、まるで他人の家のようだ。

「最近、どこに何があるかわからなくなっちゃってねぇ」

母は物のない時代に生まれた人だからか、物持ちが良く、服を大量に所有していた。かつて一着一着を慈しむかのように、綺麗にタンスにしまわれていた服は、足場の踏み場もないくらい散乱していた。

その様子を見て初めて、事の重大さに気付かされた。さっきの服の違和感にも納得がいく。外出するためのいつも着ている服は、あえて着なかった訳ではない、見つけることができず、最終的に、私のお古をたまたま見つけて着用したのだと。

「ねぇ、私、どうしたらいいかしら」

母は混乱しているようだった。

「前はうまくできていたことが、できなくなってきたのよ」

母はポツリと寂しそうにつぶやく。何かがおかしい。そう、自覚はあるようだった。


たまっていた有給休暇をこういう形で使うとは思いもしなかったが、上司は快く休みを受け入れてくれた。とりあえずパソコンがあれば何とかなる。リモートワークで済む仕事をこなしながら、ひとまず家の片付けをすることになった。

家の片付けはゴミを捨てることから始まった。

母は昔から料理が苦手だった。作りはするが、それはあくまで家族のためであって、自分独りであれば、冷凍食品を解凍したりするだけで済ませることも多かった。残され、放置されているゴミを見ただけで、この数年、彼女がどんな食生活をしていたかが手に取るようにわかった。

私が住んでいる地域はプラスチックゴミの分別がなかったが、実家の地域はプラスチックゴミをリサイクルとして分別しなければならなかった。ある一定の期間までは分別ができていたようで、プラスチック用のゴミ箱には冷凍餃子の袋やヨーグルトの容器などが入れられていた。

そこに散乱していたプラスチックゴミを放り込んでいく。冷凍食品のほかには弁当屋のゴミも多く見受けられた。

その作業を通して、いかに母が孤独であったかが計り知れた。プラスチックのゴミ袋はあっという間にいっぱいになった。
「早苗ちゃん、プラスチックの袋はこれしかないわよ」そう言って母は、最後の大きな袋を差し出してくれた。

母が私の知っている母でないことを受け入れるのには少しだけ時間がかかった。掃除を続けながらも、時々話題に出てくるのは父のこと。この世にはいないということがわかっている時もあれば、そうでない時もあった。

父は仕事の都合でたまに夜勤になることがあった。そのせいか母の中では時々、父が夜勤に出ていることになっていることもあった。

昔のことはよく覚えているのに、現在は何をしようとしているのかわからなくなってパニックになることもあった。度重なる違和感に、これは病院に連れて行くしかない、という結論に至った。

しかしこういった場合、どんな病院に行けばいいのだろうか。内容がデリケートなだけに誰にも相談することもできない。最終的にはインターネットを頼った。スマートフォンで検索をかけると、最近ではものわすれ外来という科がある病院があることを知った。

母は調子の良いときもあれば悪いときもあり、その差が激しかった。医者によれば、これが母独自の症状らしかった。それが進行すると、悪いときのほうが長くなり、さらに症状が酷くなると、身体が次第に動かせなくなるというパーキンソン状態に陥るケースも少なくないらしい。

特に初期は転倒しやすいので目を離さないでほしいとアドバイスを受けた。筋肉や関節が固くなるとともに、身体の重心を保つことができなくなるらしい。骨でも折ろうものならば、寝たきりになる原因にもなりかねない。若い頃からエアロビ教室やヨガなどを習っていたこともあり、年齢の割に身体はよく動くほうだった母。「長く健康でいたい」「寝たきりには絶対ならない」。長年そう言いながら、ウオーキングやストレッチなど、身体に健康を気遣っていたが、皮肉にも脳のほうが先に老化して〝負けて〟しまったのである。

神戸にいる弟の仁《ひとし》には事の顛末を電話で伝えた。

「この間、話した時は違和感を感じなかったけどね」

「そこが怖いところなんよ。普通のアルツハイマーと違って、MRIでも判別が難しいらしいよ」

のんきな弟の返事に少し苛立《いらだ》ちながら、医者に言われたことを事細かに伝えた。

「この間は母さんとどんな話をしたん」

「他愛もない話。もう慎之介も高校生になったやん。年月が過ぎるのは早いとか何とか」

慎之介とは私の甥のことだ。転勤前は弟一家とよく食事をしたり、交流があったがここ最近は弟一家がそのまま転勤したこともあり、疎遠気味になっていた。

「大丈夫なときと、そうでないときの落差がすごいから、こちらもどうしていいか戸惑ってるところなんよ」

「そっちに顔を出したいのは山々なんだけど、このご時世、県外に出たらダメって通達が出とるんよね」

「わかってる。あてにはしてない」

単純に、弟には母が母でなくなる時間が増えていることを伝えたかったが、どこか他人事のようにも感じられた。おそらく仕事が忙しいのだろう。余裕のなさを電話口で感じた。まぁ、それをわかってやるのも家族の役割の一つかもしれない。少しもどかしさもあったが、そう自分に言い聞かせた。


ゴミ捨てが終わった後は服の整理をすることにした。

タンスの中にはたたまず、押し込むような形でたくさんの服が詰め込まれていた。冬物と夏物がごっちゃになっている。散乱したゴミに紛れて値札がついたままの服もあった。

「お母さん、これ、どうしたん」

「どうしたのって、安かったから買ったのよ」

「買ったら着なきゃダメやん」

「それはそうね。でもね、なぜだか買ったことを忘れちゃうのよ…」

病院を訪れてから、母は自分が痴呆症を患っていることを認識するようになった。そこで少しの変化が訪れた。〝開き直り〟だ。

「こんなにたくさん買って。お金はどうしてたん」

「年金に決まっているじゃない」

それを聞いて絶句した。途端に私はこれまで彼女がどういうお金の使い方をしてきたのか心配になってきた。

「お母さん、通帳、見せて」

「えっ…」

「毎月、ちゃんとやりくりできてる？　無駄なものとか買い過ぎとかしていたりしてるんじゃないの」

思わず感情的になってしまい、強い口調になってしまった。お金のことを話題に出すと、母は途端にオロオロしはじめた。よくよく聞いてみると、どうやらどこに通帳をしまったか、わからなくなってしまったらしい。

「ごめんなさい…」

母はここ最近何度も「ごめんなさい」を繰り返している。その度、私は辛くなった。まるで母と子が逆転してしまっているような、そんな感覚だ。

「大丈夫。怒ってないから、ゆっくり思い出して。とりあえずお腹空いたね。ご飯にしようか」

きっとお腹が空いているのが良くないのだ。とりあえず一旦、休戦だ。気づけば水分すら摂ってない。焦りは禁物だ。少しずつ、解決していけばいい。

ここ数日は部屋の片付けに集中していて、コンビニエンスストアでお弁当やお茶を買って済ませていたので気づかなかったが、冷蔵庫の中身はもっと深刻だった。賞味期限の切れた牛乳、カビのはえた肉…。作り置きをしていたと見られる数々のおかずが冷蔵庫いっぱい、みっちりと並んでいた。

とりあえず飲み物を、と思い、麦茶の作り置きがあったが、いつ作ったものなのかわからないものを飲むわけにもいかなかった。諦めてコップに水を注ぐ。うちの家は湧水をポンプで汲みだしているのでそのまま飲める。就職してマンションに引っ越した時、歯磨きのために口に含んだ水がまずくてびっくりしたことを思い出す。

「ああ、美味しい」

母が笑顔になった。水を飲むだけでも気分は晴れやかになるものだ。

冷凍庫のものは保留にしつつ、とりあえず、冷蔵庫の中身は全部捨てることにした。

「ごはんはいつもどうしてた」

「最近はコンビニで済ませることが多かったわ。ほら、スーパーは人が多いでしょ。人が多い所は避けた方が良いってテレビで言ってたから……」

水を飲んで少し冷静になったようだ。受け応えがはっきりしてきた。

「まずは餃子でも焼こう。ビールも一緒に買ってくる」

冷凍室の中から餃子を取り出す。財布を持ってマスクをし、出かけようとすると母が、

「独りにしないで」と引き留める。

母は母で自分が何をするかわからないことに恐怖を覚えているようだった。

「じゃあ、一緒に行こう。ビールはちょっと、お高いのにしようね」

私は母の手を握った。弱々しく心細い面持ちの母は子供のようでも

あった。もう私の知っている母はいない。母であっても昔の母ではないのだ。

私が振る舞った料理を食べて、

「早苗ちゃんのこの料理、美味しいわぁ。お父さんが帰ってきたら、これも食べさせてあげたいわね」。私はどう答えてたら良いか分からず、うん、とだけ返した。

食事を終え、洗い物を済ませると、母は、

「何だか疲れちゃった」と、寝室に向かった。

私はその隙に、スマートフォンでメールの確認をした。部下が送ってきた書類をいくつかチェックする必要があった。ここ数日、有休を取っているとはいえ、急なことだ。完全に休むわけにはいかない。

母のそばを離れることが難しい今、仕事をどうすべきか、考える必要があった。とにかく一旦、自宅に帰らなければならない。数日間はなんとかなったが、着替えもノートパソコンも、インターネットの環境すら、ここには整っていないのだ。これからのことを思うと不安でいっぱいだった。こんな時、パートナーがいれば何かが違っていただろうか。

婚活をして何年になるだろう。父が癌とわかってからだから約4年になる。これまで、お見合いパーティや街コンなどに参加したり、友人に合コンをセッティングしてもらったりと努力はしてきたつもりだ。が、縁がなかったのか、私にその適正がないのか、なかなか良い人に巡り会うことはできなかった。

仕事は頑張れば頑張っただけ成果が出るが、婚活はそうはいかない。どんなに努力をしても成果が出るとは限らない。むしろ努力が空回りすることのほうが多いかもしれない。

ある既婚者に、

「結婚は運だ」と言われたことがある。全くもって同感だ。

昔の母は「いつ孫の顔を見せてくれるのかしら」、「向かいの家の渡辺さん、結婚したらしいわよ。あなたはいつになりそうなの」などと、私を事あるごとに焚きつけた。

親の期待に応えられないのは辛い。頑張っていないわけではないのだが、そのもどかしさを、かつての母が理解してくれることはなかった。

自宅に戻る高速バスの中で私は、スマートフォンの中にある、マッチングアプリを立ち上げた。もう夜の八時。辺りは暗くなっていて、バスの中も薄暗い。ディスプレイがぼんやりと浮かび上がる。画面をタッチすると、数々の男たちの顔写真が、次々と浮かんできた。

渾身《こんしん》の一枚を彼らは選んでいるはずだが、メッセージを交わしてみたいと思う人はやっぱり稀《まれ》だった。鏡越しにドヤ顔で自撮りする者、ドアップ。なぜか自分の顔の代わりに景色や犬の写真を上げている者など、画面を見るだけでうんざりしてくる。試しにメッセージボックスの中をのぞくと、最後のやりとりの日付が二ヶ月前になっていた。

今月は仕事が忙しかったせいもあって、アプリのメッセージボックスは放置状態になっていた。

私は実は、これまで百人以上の男性とメッセージのやりとりをしてきた。住んでいる所は？　趣味は？　…と、必ず疑問形で返さないと話題がストップしてしまうことを私は知っている。精神的に余裕がないと、メッセージのラリーは続かない。

「実際に会ってみましょう」とまでなったのは数十人ほどだ。それも会ってみないとなかなかわからないもので、メッセージをたくさん交わして仲良くなっても、実際に会うと写真と随分イメージが違って違和感を覚えたり、極度の口下手だったりで、うまく続かなかった。

そこまで苦労して結婚したいのか、と言われると、疑問だった。ただ、婚活をしている間は、母や弟の顔がチラつく。家族がいなかったら、こんなに婚活を頑張ることもなかったろう。私は単に家族に安心してもらいたいだけなのだ。家族に期待されているうちが花だといえるかもしれない。そうやってのらりくらりと、口うるさい母を知らず知らずのうちに避けてきた。その代償がこれだ。マメに家を訪れていたらもう少し認知症が軽いうちに対応ができたかもしれない。

翌日、私はスーツケースに着替えと化粧品、ノートパソコンを詰めて朝一番早い高速バスに乗った。朝食のためのパンと牛乳とヨーグルトをスーパーで買い、家に戻ると、母は顔を洗っている最中だった。

母の通帳は、なぜか冷蔵庫から見つかった。フリーザーバッグに入っていて、おかずの保存容器の間にあった。

「お母さん、なんでこんな所に通帳があるのよ」

「さぁ、どうしてかしらね…」

意外なことが起こると、脳がびっくりして、笑ってしまう。ケラケラと笑う私を見て、母もつられて笑った。

通帳を見ると、最後にお金を引き出したのは八月の年金が振り込まれた直後で、極端な使い込みは見受けられなかった。今が十一月だから、この数ヶ月で、母の認知症が進んだことが考えられる。

「お母さん、ちなみに財布はどこにあるの」

「ここよ」

五年前、母と一緒に韓国に行った際に買った、ケイトスペードの長財布が即座に出てきた。

中にはレシートが無造作に収められていて、お金は一万円ほど入っていた。どうやら年金が振り込まれると十万ほど一気に引き出し、その中でなんとかやりくりしていたようだった。

「家計簿って付けてたの？」

「昔は付けていたけど、ノートがどこにあるのかわからなくなってしまってからは付けてないわね」

「お金は大切なことだから、これからは一緒に付けていこうか」

こくり、と母が頷く。

小学生の頃、お小遣い帳の付け方を母から習ったことを思い出す。当時、一ヶ月のお小遣いは千円で、正月になると当時、一緒に暮らしていた今は亡き母方の祖母が一万円をくれるのが通例だった。小学三年生までは特にお金の使い道について聞かれることもなく、使い道も無計画だったが、小学五年生になった頃、母からお小遣い帳を渡された。

「これからお金が足りなくなったら言いなさい。お小遣い帳を見て、ちゃんとやりくりできているようだったら、追加してあげるから」

お金のことはきっちりしている人だった。

「そうだわ、この通帳とは別に、貯金用の通帳もあるのよ。二階のロッカーの中」

話をしているうちに、だんだんと記憶の調子を取り戻してきたようだ。

それはその昔、父が猟友会に入っていた頃、銃をしまっていたロッカーだった。幼い頃、「ここに銃が入ってるから、危ないのよ。ここに

て進まない。

「じゃあ、保留ボックスを作るからその中に入れておこう。靴下は片付けているうちにみつかるかも」

「そうね。そうしてちょうだい」

何とか提案を受け入れてくれてホッとする私。

「このワンピース、可愛いでしょう？　これはいい値段したもの」

「でも着ているところをあんまり見ないけど」

「そうねぇ。パーティにお呼ばれした時とかに着ていくから」

「パーティがそもそもないでしょう。今は集団で集まっちゃいけんのよ。…というか、コロナウィルスのワクチン接種、受けてる？」

「ああ、それね、案内は来ていたみたいだけど、どうやればいいのか難しくて…」

口うるさい母親を、仕事にかまけて放置していたことを心底呪った。

「通知書はどこにあるの？」

「…」

押し黙ったってことは、わからないということだ。

「問題、山積みだわ…」

ため息と一緒に思わず呟いてしまった。

「ごめんね。でも、多分捨ててはないと、思うから…」

「だったら、探そう。掃除をしながらやったら、見つかるよ」

キレイ好きで気丈な母はもうそこにはいない。これじゃ、まるで子供だ。そう思うと少し目頭が熱くなる。

「着物はこの際、捨てたほうがいいんじゃない？　着ることとかないやろ」

「着ない服でも、これを見ると昔を思い出すから大切にしたいの。しかもこれは、おばあちゃまの形見なのよ」

「…形見なら仕方ないね」

身に着けることのない物にまで、執着するようなら、捨てることは難しい。

「これは根本さんから買ったのよ。ゴージャスに見えるけど、千円だったの」

「千円？　千円には見えないね」

「そうでしょう。このTシャツを着て行ったら、みんな、褒めてくれるわ。お洒落だねって」

それはライオンをモチーフにしたデザインTシャツで、細かな刺繍が施されていた。確かに他にはない、インパクトのあるデザインだった。

根本さんというのは、古着を専門に訪問販売を生業にしている母の友人だ。何人も顧客を抱えていて、その人に似合いそうな服が手に入ったら連絡を入れる。一度、私も彼女から服を購入したことがある。どこから仕入れてくるのかわからないが、個人個人の好みをわかっていてスーツケースいっぱいに服を詰め込んでくる。いわばフリーのコーディネーターといったところだろう。母に持ってくる服はどれも厳選されたデザインで可愛くもあり、大人っぽくもある。

　私が持っている数少ない服も、いくつかは根本さんから買ったものだった。

「そういえば最近根本さんとは会ってるの？」

「会ってないわ。電話がかかってきても取らないようにしているの。服がタンスに入りきらないから…」

「でも、新しいのは買うんだ」

「出先で安くていいのがあったら、つい、買っちゃうわね。でも買ったことを忘れちゃうみたい」

　調子が出てきたのか、母は上機嫌で語り出した。

「年を取るとね、あんまり物を捨てられなくなっちゃうの。亡くなった人の思い出もあったりするから。ほら、この服は景浦さんたちと登山に行った時に着たのよ。景浦さんはこの間、脳梗塞で亡くなったもんね」

　そう言われると、物を捨てろとは言えない。

どれも思い入れのあるものであり、母の楽しみでもあるのだ。

「とりあえず毎回全部洗濯していたら面倒だから、一日着た上着はハンガーにかけて、消臭スプレーをするようにしたらどう？」

「そうね」

「洗濯物は溜め込むと億劫になっちゃうから、ちょっと水がもったいない気もするけど、マメに洗濯して仕舞うほうがいいんよ」

これは以前、仕事で出会った整理収納アドバイザーの資格を持つ人から聞いた受け売りだ。

古い下着を捨て、一週間、着る服のコーディネートを決めたらそれを一番よく使うハンガーかけにセットする。その他の服はとりあえず、タンスに押し込んだ。こうやって何とか、部屋に散乱している服をしまうことに成功したのだった。

翌日、男がカギの開錠をしにやってきた。「キーレスキューの野原です、こんにちは」

男は髪の毛を後ろで束ね、ボーダー柄のシャツとチノパンにキャップ帽を被っていた。

「あら、巧くんじゃない」

「美和さん、ご無沙汰しています」

親戚というのはどうやら本当らしい。

「お母さん、こちらの野原さんって、うちとどういう関係なん?」

「えっと…」

母は少し躊躇した。

「まぁ、親戚なのは間違いない。その辺は話すとややこしいので割愛させていただくよ。とりあえず開けたいロッカーっていうのはどれかな?」

我が家はかつて父母、祖母、私、弟の5人で住んでいた。二階には三部屋あり、うち一部屋は父の書斎だった部屋がある。父は趣味人でインテリアやアウトドア、映画などの雑誌をたくさん溜め込んでいた。服もミリタリー系やアメリカンカジュアルなものが好きで、今では物置となった場所に、それらのものが君臨し続けている。

　我が家の大事な書類はみな、そこに預けるよう、暗黙のルールがあった。父のエンディングノートもこの部屋にあるロッカーにしまわれていた。

「この部屋すごい…。コレクションの数々だな。予想はしてたけど」

　野原が無邪気に笑いながら言った。

「亡くなった今も、処分しきれなくて。時々、父の雑誌とか読んだり。服も、たまに父のを着ることがあって…。なかなか捨てきれないんです」

　男物のシャツやニット、トレーナーは大きめに着ると、ダボっとしていて自然っぽい着こなしができるので気に入っている。今着ているカーディガンも、実は男物だったりする。

「おしゃれだったもんなぁ。よく着なくなった服をもらったりしてたよ」

知らない人から、父の話が出るのはなんだか不思議な感じがした。

「あの、父の葬儀には出られましたか。私、ひととおりの挨拶はしたと思ってたんですが記憶になくて…野原さん」

「いや、それがちょうど俺、ロンドンにいて参列はできなかったんだ」

「ロンドン？　お仕事か何かですか」

「語学留学みたいなもんだよ。貯めた金で向こうで働きながら…」

「じゃあ、野原さんと私は初対面なんですか」

「いや、会ったことはあるよ。たぶん、そっちのばあさんの葬儀のときかな。でもお互い小さかったからなぁ…。見かけただけで遊んだりしたこともないと思うよ」

「ごめんなさい、全く記憶になくて」

「いや、無理もないよ。でも兄貴…、君のおやじさんから、早苗ちゃんの話は聞いていたからね。一方的に知られていて気味が悪いかもしれないけど、確か今はデザイナーをやっているんだろう」

そんなことまで知っているのか。得体の知れない男が突然現れ、混乱していたが、父と仲が良かったことは十分わかり、安心してきた。

「ところでカギ、どうする？　昨日も言ったけどこのまま開錠だけなら、簡単に開けることはできるけど、カギを作るとなるとちょっと手間と金がかかるよ」

少し悩んだが、カギを作ってまた同じようなことになるのは避けたかった。

「開錠だけで大丈夫です」

「オーケー」

野原のお陰でロッカーのカギはすぐに空いた。通帳はロッカーの奥から無事に見つかった。

「ああ、ありがとう。これで一つ、前進です」

「前進？」

訝しげに野原が聞く。

「いや、ちょっと、最近いろんなことがありすぎて…」

気づくと涙がはらはらと目からこぼれ落ちた。

「あれ？　なんだろう、ちょっと…。ごめんなさい」

これからどうなるかという不安、一つ事が解決したという安堵。複雑な想いがぐちゃぐちゃと交差していた。

「何があった？　話、聞くよ」

野原は私の頭をポンポンと優しく撫でた。

それだけで心はふっと軽くなり、救われたような気持ちになった。私は母の現状を彼に話した。

「それは大変だったね。そういうのは独りで悩むのが一番良くないよ。と言っても、俺もそんなに詳しくないいんだけど、こういう場合、要介護認定を受けて介護サービスや介護施設を利用した方がいい。独りで面倒見るのも限界があるし、仕事もあるんやろ」

確かに一番心配なのが仕事のことだった。上司に融通をきかせてもらい、ここ数日は在宅ワークに切り替えてもらっているが、これがいつまで続けられるのか、不安だった。

「俺、今日は午後から仕事が入ってるけど、夕方になったら時間が取れるから、飯でも一緒に食おう。料理は俺が作るから」

そう言うと野原はさっさと次の現場へと向かった。

その日の夕方、野原は両手いっぱいに買い物袋を抱え込んで我が家にやってきた。豚肉と白菜のミルフィーユ鍋をメインに、サーモンのカルパッチョ、自宅で浸けているというぬか床の漬物、そしてデザートにはアップルパイを焼いてくれた。

「まるでホームパーティね」

母は彩豊かな食卓に目を輝かせていた。久しぶりの鍋料理だった。父が生きていた頃はよく鍋を囲んでいたものだったが。

　親戚なだけあって野原は父と背格好がそっくりだった。すらっと伸びた手足。それでいてがっしりとした肩幅。特に幼い頃、料理をしてくれていた父と野原が重なった。

「豚肉と白菜を交互に並べるのに、ちょっとコツがいるんだよ」

「巧くんは本当に器用ね。そういう所は血なのかしらね…。お父さんによく似ているわ。私には到底真似できない」

　母が鍋を覗き込む。確かに整然と交互に敷き詰められた豚肉と白菜は芸術的だった。

　父は百貨店で警備の仕事をしていた。夜勤ともなると夜勤のスタッフの食事を作る必要があった。仕事で大人数の料理を捌いていたのだから、料理はお手のものだった。振り返れば晩年は、母よりも台所に立つことが多かったかもしれない。

「ぬか床はあったら便利だよ。余って腐らせそうな大根とか人参の切れっ端を入れておくだけでいい。夏場だったらあっという間におつまみになる。冷蔵庫に入れてれば、発酵もゆるやかになるし、案外扱いやすいもんだ」

特に料理の話をしている時の野原は饒舌だった。本当に料理が好きなのが伝わってくる。こういうところも遺伝なのだろうか。父もよく自前で味噌や梅酒を作ったりしていた。母と面識があるというのも大きかったが、昔から知っているような、そんな風に思わせてくれる存在はありがたかった。

野原は三十代後半くらいに見えたが、実際は四十五歳だという。私とほぼ同年代だ。

「君のお父さんと俺は兄弟…だけど、母親が違う。君のじいさんが再婚してできたのが俺だ。もちろん小さい頃は有川姓だったんだけど、母方の姓を継ぐ人がいなくてね…。だから今は野原を名乗ってる」

ということは、野原は父の異母兄弟。私は野原の姪にあたるわけだ。

「たくみ、の漢字は巧妙の巧?」

「ああ、そうだよ」

父は栄《さかえ》、弟は仁。有川家の男は皆、名前が一文字だ。

「美和さんは昔から俺に良くしてくれてね。…感謝してる。血の繋がりはちょっと薄いけど、家族だと思って何でも頼ってよ」

家族、と言われると妙にくすぐったかったし戸惑いもあった。しかし母のことを相談できる存在が現れたというだけで、十分心強かった。


それから野原は、時々うちに顔を出すようになった。世の中は例のウィルス騒ぎで外出を控えるよう通達があり、母の唯一の趣味であるカラオケ教室にも行くことができずにいた。なので代わりに食後、一緒にウオーキングをすることにした。野原もそれに時々付き合ってくれた。とにかく太陽を浴び運動不足にならないよう、脳に刺激を与えるよう、雨の日は大きなショッピングモールにまで車を出し、ひたすら歩くことに集中した。

　母は時々、おかしな言動をすることもあったが、認知症用の薬を飲むようになってから、少し安定したような気もした。

　仕事のほうはというと、インターネット環境を整え、会社からは自前のノートパソコンで仕事をしていいという許可が出た。

　朝四時に起きて、メールチェックを済ませ、四時間ほどかけて、企画書やプレゼンテーション用の書類を作った。疑問点などはメールで投げて、日中、母が覚醒《かくせい》している合間はなるべく母の見守りに徹した。晩御飯を済ませると、母はおとなしくベッドの中に入ってテレビを観るのが日課だった。その間、私はパソコンの前で依頼されたデータを作ったり、電話で部下に指示を出したりしていた。会社自体もリモートワークをちょうど導入し始めた頃で、テレビ電話で会議をしたりしながら粛々と、仕事をこなした。

朝は母が洗濯物を干し、私が朝ご飯の用意をした。相変わらず料理と洗濯が苦手な母だったが、毎日のルーティンにしてしまえば問題は解決した。

食事は火をかけたり、盛りつけたりとなるべく母ができることはさせた。途中で何をしているのかわからなくなることもあったが、私が指示を出すと、それに倣った。

「ご飯が美味しく食べられるって、それだけで幸せね」

母に症状が現れてから、かつて口癖だった「幸せ」という言葉をより多用するようになった。

「そうね、幸せね」

私も返す。全ての不安がなくなるわけではないが、その言葉を噛みしめ、積み重ねていくことで、少しだけ見ている景色が変わるような気がした。

朝の支度が終わると二人でウオーキングに出た。外出といえど、特に会話をすることもないのでマスクは外した。

すーっと息を吸う。そして、吐く。体の細胞にまで行き渡るようなイメージで呼吸をすると、心地が良い。

時折、同じようにウオーキングをしている老父婦や、犬を連れた母と同年代のくらいの女性とすれ違う。

「親子でウオーキングなんていいわね」

その人はお子さんが二人いたが、二人とも事故で亡くしている。

「そうねぇ、ありがたいわねぇ」

ただ、そばにいるだけで親孝行なのだなということに改めて気づかされる。ウオーキング中に会った知り合いと話し込むこともあった。母は外面が良く、昔話をする分には全く問題ないように感じた。周囲の知り合いも気づいていないようだ。調子の良い時はこんな具合だった。

逆に調子の悪い時は「今日は行きたくない気分なの」と、ぼんやりして動きが緩慢《かんまん》になった。食欲も無いと言って、料理もせず、布団の中から起きようとしない。そんな日もあった。

ある時なんかはウオーキング途中、尿意を覚えて、「トイレに行きたい」と言って物陰で用を足そうとしたことがあった。何をしでかすかわからないのが、彼女の怖いところだ。

「あっ…ちょっと待って」

足早に移動する母を引きずるように引き止める。

「ちょっと我慢して！」

私はそう言うと、ちょうど近くにある、例の派出所へと向かった。

「すみません、トイレを貸してください」

幸い、派出所には以前、お世話になった警官が揃っていた。

「ああ、すいません。ご迷惑をおかけします」

「どうぞ、トイレはこちらです」

警官は冷静にトイレまで誘導してくれた。こちらがパニックに陥っている時に冷静でいる人がいると妙に安心する。

「またお世話になってしまって…すみません」

「いえいえ、お役に立てて何よりです」

笑顔で受け答える警官。

「僕は早くに母を亡くしまして。親孝行できずじまいでしたから」

「そうなんですか。でも、こうして立派にお勤めを果たしているんですから、お母様も喜んでおられると思います」

「自分、熊本陽一と申します。また何かあったら連絡をください。何も起きないのが一番ですが、お守りだと思って持っててください」

そう言って熊本という男は名刺を差し出した。分厚い紙の名刺で、彼の携帯電話番号が入っていた。

「ありがとうございます」

警官らしいがっしりとした体つき。柔道をやっているのだろう、耳がカリフラワーのように潰れていた。

「あれから病院へは行ったんですか?」

「とりあえず、進行を遅らせる薬を処方してもらいました。調子が良い時と悪い時があって、薬で随分改善されたように思います」

「そうでしたか。ちょっと気になっていたんですよ。たまにあるんです。迷子になってしまって、そのまま家に帰れずじまいで、亡くなってしまう方…」

「そうなんですか」

「自分が知っているケースは、公園やバス停のベンチに座ったまま、凍死されたりとかですね。田舎の方では認知があるにもかかわらず運転はできるものだから、車で山奥に入ってしまって行止りのところで立ち往生して、そのまま…というケースもありました」

まだ暖かい時期だから迷子で済んだかもしれないが、行方不明になって命を落とす可能性もある。もしも同じようなことが起きたらと思うとゾッとした。

「トイレ、ありがとうございました。危うく漏らすところだったわ」

「お母さん、外でおしっこするのは軽犯罪にあたるんですよ。娘さんもいるんだからあまり心配させないでくださいね」

陽気にトイレから出てきた母を諭す。

「犯罪！　そうなの？」

一瞬で青ざめる。

「お母さん、牢屋に入れられちゃうよ」

「ごめんなさい」

「未遂で済んでよかったね。熊本さん、本当にありがとうございました」

この先、また同じようなことが起こる可能性もある。いよいよ目が離せなくなってきたということだ。

また、夜中に目を覚まし、騒ぐこともあった。「ここはどこ？」という風に今置かれている状況がわからず、パニックに陥ってしまう状況だ。

医師によると、今いる場所や時間がわからなくなる認知症の症状のひとつだという。

それをきっかけに、母と私は同じ寝室で寝るようになった。

「暗くて怖い」と、パニックに陥った時も、夜中に目を覚ましたら、テレビを一緒に観るようにした。母が好きな韓流ドラマのＤＶＤを流して、添い寝をするようになった。この時間がいつまで続くのだろう。母がどんどん、母でなくなってしまう。まるで子供に戻ったみたいだ。子育ては成長する楽しみがあるのでモチベーションも保ちやすいが、介護はどんどん衰えていく。やることなすことが全て無駄に終わってしまうのかと思うと、辛さだけが残ってしまう。無邪気に韓流ドラマを観ている時は愛しく可愛くもあるのだが、夜中に騒ぎ出されるのはとにかく苦痛でしかなかった。

また、それまで夜にやっていた仕事も、なかなか片付かなくなってきた。これが独りでやれることの限界なのかもしれない。

その後野原のすすめもあって、私は介護保険サービスを利用することに決めた。地元の支援センターに問い合わせ、要介護認定を受けることになった。結果は「要支援２」。日常生活に支障をきたすような症状や行動が見られると判断された。同時にコロナウィルスのワクチン接種も行うことができた。

「日中はデイサービスを利用したらどうかな」

野原はその日、たくさんの香辛料を持ち込んでスパイスカレーを作ってくれていた。サラサラとしたスープみたいな形状で、香辛料が体を刺激してくれる、ポカポカとあったまる、そんなカレーだった。

「デイサービスなら、見守ってもらえるし、レクリエーションもあるから楽しいと思うんだ。一度、デイサービスをやっている会社に仕事で行ったことあるけど、通っている人はなかなか楽しそうだったよ。人を頼ることへのためらいはあるかもしれないけど、このままだと早苗ちゃんの負担ばかりが増えてしまう。昼、しっかり動けば夜中に起きることも少なくなるし……」

それは的確なアドバイスだった。だけれども人に頼ることにどうしても私は抵抗があった。母が母である時間はどんどん少なくなってくる。今しか母との時間を共有することはできなくなってしまうのだ。でも限界がきていることは自覚していた。このまま仕事でも迷惑はかけられない。

デイサービスの受け入れ先はすぐに見つかった。家から車で五分ほどのところで、歩いていけなくもない距離だ。

施設のケアマネジャーさんは三十代半ばくらいの女性で声が甲高く、ハキハキとした人だった。その勢いに自分も鼓舞される。

「有川さん、おはようございます」

元気な第一声だ。名前を呼ばれて母も笑顔で返す。

「おはようございます。有川美和です。宜しくお願いします」

実はこのお出かけの前にひと騒動があった。母は見学でデイサービスにたくさん人がいることを知った。

「みすぼらしい格好じゃ、お出かけの気分が出ないわ」

そう言って家中のタンスを開け、試着をはじめたのだ。

「気に入っているブラウスがどこを探してもないのよ…ほら、緑色の、袖がふんわりとした…」片っ端からタンスを開け、クローゼットを開け、みるみるうちに洋服が溜まっていく。苦労して片付けたのに、あっという間にぐちゃぐちゃになった。

なるほど、こういう過程を経て、家は散らかるんだなと、私は冷静に分析をしていた。

「お母さん、これじゃない？」

私はぎゅうぎゅう詰めになったクローゼットから、華やかなブラウスをセレクトした。

「あら、懐かしい。これは仁の卒業式で着たのよ。これも良い服ね。でも探しているのとは違うわ」

そう言って今度は二階の倉庫へと足を踏み入れた。亡くなった父のものとは別に、古いタンスが二つあり、この中には祖母から受け継がれた着物や洋服も眠っていた。

「お母さん、ちょっと待って。この中からお気に入りのブラウスを探すのは大変よ。お出かけにいい服を探すのが本来の目的でしょ」

「あらそうね、そうだったわね」

タンスから服を出す手が止まった。

「あと、出したら同じところにしまわないと、どこに何があるかますますわからなくなるでしょう」

「そうね。家がまた散らかっちゃうわね」

「着なくなったものはいい機会だから、処分してしまわない？」

「うーん。あったら考えるわ」

「身の回りのものが少ないとすっきりするよ」

「そんなもんかしら」

「例えば一週間、旅行に行くと考えてみて。お気に入りの服を七着用意すれば良いでしょう？」

「理屈はわかるけど、どの服も思い入れがあるものばかりなの。捨てるのは嫌だわ」

「ほら、フランス人は十着しか服を持たないって言うじゃない」

「私は日本人よ」

母は頑として譲らなかった。

「服を見れば思い出すの。お父さんと足立のフレンチを食べた時に着た服はこれ、とか、カラオケの大会で着た服はこれ、とか」

「着物はさすがにもう、着ないでしょう？」

「これはおばあちゃまの形見だから。いつかあなたも着ることがあると思うの」

といった具合にまぁ、母は頑なだった。

結局、服は捨てずに整理整頓するということで落ち着いた。その代わり、タンスに上着、スカート、ズボン…という風にラベルをつけることにした。服をしまう時、少しでも区分けができるように。

「まぁ、有川さん、素敵なお洋服ですね」

デイサービスのお迎えスタッフがやってきた。

「この、ひらひらがいいでしょう？」と、ドレープになった服をゆらゆらと揺らした。奇抜なデザインだったが、不思議と母には違和感なく馴染んだ格好だった。

「では宜しくお願いします」

そう言って笑顔で私は母を送り出した。

それからは集中して仕事をこなした。夕方には母が帰ってくる。買い物も夕食の準備も終わらせておかないといけない。午前中に事務処理を終わらせつつ、セール品が残っているうちに買い物、午後からは企画書に盛り込むアイデア出しと制作、といった具合に時間の割き方を工夫した。

一方、婚活パーティにも久しぶりに顔を出した。夕方からのイベントには母がいるから出席できないが、昼からやっているイベントには参加できた。イベント名は「平日休み・シフト休みの方向け婚活パーティ」。シフト制の看護師や販売員、美容師などが多いようだ。

受付を済ませた後、番号を割り振られ、渡されたプロフィールカードに書き込む。趣味は料理と書いた。母の介護を始めてから、料理に時間を割くようになった。それは野原の影響も大きかった。

会場には十人ほどの男性がいて、スーツ姿の者からラフな格好の者までバラバラだった。

一方、女性陣のほうはみな同じようなワンピースを着ていて、区別がつかないほど似ていた。これをモテコーデというのだろう。かくいう私も、似たような服をデパートであつらえたばかりだ。面倒臭かったので、すべて販売員さんにお任せし、一式を購入したばかりだ。

スタッフに誘導され、テーブルに着くと、ちょうど同じ番号の男性と目が合った。会場の中にいる男性の中でも一際目立つ存在で、ハーフパンツにラウンジウエアというラフな格好だった。髪型は左右が揃っていないアシンメトリーで、一目見て美容系の仕事をしていることがわかった。

司会の掛け声とともに、プロフィールカードを交換する。隣り合わせた男性の仕事はフリーランスのスタイリストだった。

「もともとは雇われの美容師だったんです。今でも固定のお客さんにはカットしたりします。でもお客さんで、スタイリストを探しているっていう話を聞いて、仕事をこなしていくうちにお客さんが増えていったって感じですね」

華やかな世界にいながらも、実直に仕事をこなしていることが窺《うかが》えた。

「だったら出会いは多いんじゃないですか？」

私が質問すると、

「出会いは多いんですけど、仕事仲間と恋愛ってわけにはいかなくて……」

「それ、わかります。仕事とプライベートは分けたいですよね」

「そちらのお仕事はクリエイティブディレクターとありますけど具体的にはどんなことをしているんですか？」

「受けた仕事をデザイナーに指示して、調整したりする仕事です。文章も書けば、企画も出します。いわゆるなんでも屋ですね。クライアントさんは男性も多いですが、そこから恋愛に…っていうのは確かに稀《まれ》ですね」

「昔は飲み会でお近づきになることもあったんですが、最近はこのご時世、人と集まること自体が少なくなってしまったですからね…」

ほぼ仕事の話で終わってしまったが、意気投合した感はあった。その後の消防士、看護師、美容師、パン職人、アパレル販売員と、様々な職業の男たちとプロフィール交換をしたが、さほど話は盛り上がらなかった。

「では、お話が合うと思われた方、カップルになってもいいなと思える方のナンバーをお書きください」

第三希望まで書くことができたが、印象に残ったのは最初の三番の男だけだったので、三とだけ記してカードを返却した。

アンケートを回収するスタッフ。数分後、司会のスタッフがマイクを握った。

「本日、五組のカップルが成立しました。男性一番と女性八番、男性三番と女性三番、男性六番と…」

隣の席に座っている3番の男と目が合う。

カップルが成立したことに驚き、他のアナウンスが頭に入ってこない。

こういう場合、出口に男性が待っていて、連絡先を交換したり、飲みに出たりするのが通例となっている。デイサービスを終えて母が戻ってくる時間には家にいないといけない。

とりあえず、私たちは連絡先を交換することにした。

「それじゃあまた」

「はい、連絡します」

その後、メールを何度か交わすことになるのだが、母の介護と仕事の合間を縫ってメールをするのが億劫《おっくう》になり、結局、三番の男とは自然消滅で終わってしまうことになるのだった。


母がデイサービスに行くようになってから、恋愛以外はうまくいくようになってきた。滞っていた企画書もなんとか形になり、後輩デザイナーとのやりとりも、うまくまとまるようになってきた。また、時々、野原が夕飯を作りにきてくれるのが楽しみでもあった。

　ある日はラザニアとコーンポタージュスープをメインに、ババロアがデザートだった。特にラザニアは生地から作ると、張り切っていた。台所を占拠し、デュラムセモリナ粉と卵と塩、オリーブオイルを捏ねて、麺棒で伸ばして生地を作った。

　母と野原と三人で食卓を囲むと、亡くなった父が帰ってきたような懐かしい気分になった。実際、異母兄弟で年齢こそ離れているが、父の弟なのだから、似ていて当たり前なのだけれど。特に野原は私の記憶の中にいる父とよく似ていた。まだ父が若々しかった頃、私が幼かった頃の父だ。といっても、顔は全く似ていなかったが、体つきがよく似ていて、身長も肩幅も在りし日の父を思わせる。

「俺と君のお父さん、あんまり似ていないだろ。君のお父さんは母親似でね。もう亡くなったけど俺の母親はそのことを嘆いていたのを聞いたことがあるよ。死別したとは言え、前妻という恋敵に似ているんだもんな、複雑な気持ちで育てていたに違いない」

「そんなことないわよ。顔は似ていないかもしれないけど背格好がそっくり。とくに後ろ姿。初めて料理を作ってくれた時、あんまりにも似ていていびっくりしたもの」

「そうかぁ。小さい頃は俺、ガリガリにやせていたんだ。でも高校からラグビーをはじめてから、体つきが兄貴に似てきたって言われた記憶があるな、確かに」

と、笑顔の野原。そう言われて嬉しかったのだと話す野原から、父を心の底から慕ってくれていたことがわかる。

「ところで父の葬儀の時、ロンドンにいたって言ってたけど、何をしていたの」

「一時期、日本という国が嫌になってね…。まぁ、高校卒業してすぐに入ったのが自衛隊だったんだけど、水が合わなくて。そこで暇を見つけては金を貯めて海外を巡ってたんだ。実はカギの技術を学んだのも海外で知り合った日本人からなんだ。修業には結構時間がかかったけど、こうしてなんとかやれてる。カギ屋になった今でも、気候のいい時を狙ってバックパッカーをやったりしてるんだ。兄貴の時は癌ってことで覚悟はできてたからね。でもまだ持つと思ってたんだ。その時は短期だけどロンドンの宿で働いていて、留守を任されてたから動きようがなくてね…。今思えば、最悪のタイミングで死なれちまったんだな」

私の知らないところで、父と野原は通じ合っていたのだろう。死に目に会えなかったことを悔やんでいることが見てとれた。

「ねぇ、うちの父の書斎にある服、気に入ったのがあれば持っていってもらえないかな。そのほうが父も喜ぶんじゃないかと思って」

主がいない服をいつまでも持っているのも、服が可哀想な気がした。

私はいつもの食事のお礼に…と、父の服を野原に譲ることにした。

久々に入る書斎は相変わらず、重厚感のある趣で、父の懐かしい匂いがした。

「どれでも好きなものを持って行って」

「美和さんも服好きだけど、兄貴もなかなかのこだわりようだね。このズボンなんか、シュガーケーンじゃないか」

「有名なブランドなの？」

「日本で初めて作られた米国向け衣料メーカーだよ」

「へぇ…そうなんだ」

父はアメリカンカジュアルな服装が大好きだった。部屋にもアメリカンカルチャーを中心とした雑誌、ライトニングやアウトドア雑誌、ビーパルなどがびっしりと並んでいる。

「このジャケットも桃太郎ジーンズだな。この二本の線が特徴なんだ」

「好きなだけ持ってってよ。そのほうが服も幸せだわ」

父が亡くなってしばらく経つ。思い出は部屋にたくさん詰まっているが、そろそろ本格的に処分をしなければならないと思っていたところだった。

「形見分けってところだな。でも服でも雑誌でも、ここにあるものをインターネットで売ったら結構良い値段で売れると思うけど」

「だったら野原さんが処分して。この際スッキリしたいんよね。方法は任せる」

「わかった。じゃあ、売り上げたら半分、早苗ちゃんに必ず渡すから」

テキパキと部屋の掃除をしながら、野原は言った。

「ちゃっかりしてるね」

と父の遺品を触りながら、笑いつつ私。

「でも野原さんがいてくれて本当によかった。実はね。野原さんと出会ってから、いろんなことが良い方向に向かっている気がする」

素直に感謝の言葉が出ていた。

しばらくの沈黙。

そして野原が読みかけの雑誌を閉じ、

「それは俺も同じだ。いろいろ複雑な家庭環境にあって、独りでいる時間のほうが長かったからさ…。それでも自衛隊にしろロンドンのシェアハウス生活にしろ、何かしら共同生活をしてきたから楽しかった。今まで孤独を感じなかったわけじゃない。何か足りないとは思ってたんだ。それが離れて暮らしてるとはいえ、こうやって家族ができた。嬉しいよ」

家族、という言葉に胸がチクリと痛んだ。今までは結婚しなければ、家族は作れないものだとばかり思っていた。婚活を頑張っていたのもそのためだった。しかし野原がいてくれればその必要はないのかもしれない。

血が繋がっているというだけで、心強くもある反面、もしも血が繋がってなければ…。せめて従兄弟だったら、結婚して家庭を築いて…などという妄想が広がった。しかし、野原が叔父である以上、そんな想像は不毛だということもわかっていた。

「実はね…」

野原は高校を卒業後、居心地の悪さから家を追われるかのように自衛官になったのだと語ってくれた。しかも自衛隊看護師として。なるほど、道理で医療のことに詳しいわけだ…。

野原は今でも要請があれば、自衛官として動ける予備自衛官等に属していて、東日本大震災の際も出動したことを話してくれた。

メンタルの強さと慈愛のような優しさの両方を持つ不思議な男のルーツが知れたように思う。そして私は自分の複雑な気持ちのやり場に困り、そしてそれを押し殺すしか術はなかったのだった。

デイサービスから帰ってきた母に異変を感じたのは夜の八時頃だった。

その日の夕食のメインはグラタンで、野原がホワイトソースから作った。上からのせたパン粉がサクサクしていて、母はこのメニューが大好きだった。

「表面を焦がすのが良いのよね」

仕上げにキャンプ用の簡易ガスバーナーで炙る。チーズとパン粉が焦げる良い匂いがする、とっておきのやつだ。グラタンを食べている途中で、母は何度かむせて咳き込んだ。

「大丈夫？　気管支に入ったのかな」

「お水をちょうだい」

その後も咳は止まる気配がなかった。そして母はちょっとぼんやりしていて、いつもよりも動作が鈍かった。

「なぁ、美和さん、ちょっといつもと様子が違わないか」野原が言った。

「確かに。熱を測ってみようか」

この時点でひょっとしたら…という予感はあった。私は万が一に備え、慌ててマスクを装着した。

結果が出るまでは祈るような思いだった。そして体温計を見る。三十八度と表示された。

「野原さん、どうしよう。熱がある、お母さん」声が震えているのがわかった。これは、まさか…。

「とりあえず、俺、薬局に行くよ。抗原検査キットを買ってくる。あとは経口補水液と念のためにパルスオキシメーターだな」

野原は薄手のジャケットを羽織りながら言った。

「私はどうしたらいい？」

「とりあえずは布団に寝かしつけて安静に。ただの風邪の可能性もあるから、とにかく冷静になることだ」

野原が一緒で本当に良かった。きっと自分独りだったら、パニックになっていただろう。

嫌な予感は当たった。結果は陽性だった。念のため私も野原も検査をしたが、二人とも陰性だった。

「俺たちは濃厚接触者にあたるから、今は陰性でも陽性に転じる恐れもある。それより、保健所とデイサービスの事業所に電話した方がいい」

早速、施設に連絡を取ると、すでに利用者の中で五人の感染者が出ていることがわかった。うち一人は施設に勤める看護師で、感染源はその看護師であることは明らかだった。

その日の夜はなんとかやり過ごした。翌朝になって母の容態は悪化し、結果、救急車で病院に運ばれた。

私たちも濃厚接触者として身動きが取れない状態が続いた。野原は特に現場作業ができないから、仕事にも多少支障があったようだ。

私はリモートで仕事ができたので、普段通り働いた。母のことが心配だったがどうすることもできずにいた。もともと母は喘息気味だ。苦しい思いをしていないか、それだけが心配だった。

母が亡くなったと聞いたのはそれから三日目のことだった。一昨日に危篤状態にある、と連絡があった時からある程度、覚悟はできていた。

こんな時に自由に動けないなんて。とにかく、もどかしさがあった。家族は結局誰一人として、死に目に会えずじまいだった。濃厚接触者で隔離期間があったため、通夜の手配などは弟の仁が請け負ってくれた。

本人も苦しく辛かっただろう。おそらく自分の身に起きていることがわからないまま、逝ったに違いない。

クラスターが起きたことは明白だった。

隔離期間中、罹患した件の看護師が謝罪の電話をくれたが、それで母が戻ってくるわけではない。母に認知が入りだしてから、もう、母は母ではなくなっているのと同じだった。介護をしながら少しずつ、別れの時間が迫っていることを私は悟っていた。

海外ではこのことをスロー・グッバイというらしい。徐々に自我がなくなり、少しずつ死に近づいていく。まさに母と暮らした日々は、そうだった。だけど、もう少しだけ、あともう少しだけ、母と一

かった。

「もう、謝罪は結構です。ただ、同じことの繰り返しがないようにだけ、お願いします」

涙をこらえながら、必死に絞り出すように伝えた。看護師も同じように電話口ですすり泣いていた。


「ついに二人になっちまったな。…いや、まぁ厳密には仁くんがいるか」

火葬場でお骨になるのを待っている間、野原が笑いながら気丈にも呟いた。私は焼き場から煙が出ているのを見ていた。

「あの煙、お母さんかな」

「そうかもね。焼けて煙になって、地球の一部になる。いや、なるというより戻ると言ったほうがいいのかもな」

「戻る？」

「人間はもともと、海からやってきたっていうだろう。地球の一部だったんだ。死んだら煙になって、地球に還る。地球に還った煙は俺たちの呼吸する空気になって戻ってくる。それを俺たちがまた吸って、命の一部になるんだ」

「なんかよくわからない話…」

「いや、今、思いついたんだ。うまく言えなくてごめん」

「でも励ましてくれてるんよね、ありがとう」

喪服姿の野原は背筋がピンと伸びていて、いつもの倍は凛々しく見えた。そして葬儀のために短く切った髪がよく似合っていた。

「それだけじゃないよ。君も苦しいかもしれないけど、同じように俺も悲しいんだ」

今までは母を通じて私たちは一緒にいることができた。その母もいなくなってしまったら、私たちをつなぎとめるものはなくなってしまう。以前に野原は私たちを家族と言ったけど、これから先もそう、自信をもって言えるのだろうか。

「仕事は続けるんだろう」

「そうね。高速バスで通勤できなくもないんやけど、独りであの家に住むのもね…。前に住んでいたアパートも引き払っちゃったからまた探さんと」

「あの家はどうする？」

「売却やね。売ったお金を仁と分けるとか」

二人で腰掛けていたベンチから私は立ち上がって言った。

「でも、迷ってる。思い出のいっぱい詰まった家だから、簡単には手放そうって気持ちになれなくて…」

「そっか。実はそのことなんだけど…。前から考えていたことがあって。聞いてくれるかな」

野原は襟を正し、私の目の前に立った。

「何、改まって」

「一緒に、あの家でゲストハウスをやってみないか」

「え、何、ゲストハウスって、あの…宿泊施設ってことかな」

「そうだ。そのゲストハウスだよ。一階を住居、二階を改装してドミトリーと個室とリビング、シャワー室を作るんだ。もちろん、改装費、準備金なんかは俺が出す」

ゲストハウスとは同じ一室に二段ベッドなどを活用し、複数人で寝泊まりできる、いわゆる相部屋のある宿泊施設のことだ。単に安く宿泊ができるだけでなく、たいていは宿泊者同士がコミュニケーションできる共用のキッチンがあり、宿泊している人と一緒に会話を楽しんだり、時には食事を一緒にすることもできる。

一年前、京都に独り旅へ出た時、ドミトリーを利用したことがあったので想像は容易だった。そう狭くはない我が家の土地をうまく利用すればできないこともないだろう。

施設にもよるが、特に外国人の利用が多く、京都のゲストハウスの時も日本人は少なかった。私が宿泊した時は材料費を持ち寄り、たこ焼きパーティをした。これがある意味、ゲストハウスの醍醐味でもあった。日本にいながら海外の人と触れ合うことができ、海外旅行気分が味わえる。百パーセント意味が通じなくとも、食事は一人で済ますよりもずっと楽しいものだった……。

しかしその楽しさは単に客だったからこそ。経営ともなるとまた別の話になってくる。

「でも…お客さんの応対とかはどうするの」

一番の不安を野原にぶつけた。

「俺がやるよ。英語はある程度使えるから、外国人の受け入れも大丈夫だ。今のカギの仕事は従業員を雇っているから、昼の仕事は彼らに任せて、軌道に乗ったらスタッフを雇ってもいい。そこでよかったら早苗ちゃんも手伝ってもらえたら嬉しいんだけど…」

ネクタイをいじりながら野原は続けた。

「いつかはそういうことをやりたいと思っていて、金は貯めていたんだ。

ずっと物件を探していたんだけど、なんだか、ピンと来なくて…」

しばらくの沈黙の後、野原が続けて言う。

「早苗ちゃんも確か英語、できるんだろ」

確かに私は高校時代、英語科のある学校に通っていた。その時に英検2級を取得している。でも社会人になってからはほとんど使ってない。それこそ、一年前の京都旅行が最後だ。おもてなしができるほどの語学力があるかどうか、正直に言って自信はなかった。

「もうすっかり忘れてしまったかも。英語は随分使っとらんよ…」そう言いながらも少しワクワクしている自分がいた。仕事で手伝えるのは、チェックイン時の接遇、シーツの洗濯、交換などといったところか。

「カギ屋のほうがうまくいっているうちに着手しておきたいんだ」

もしこのままその事業に携われば、野原と一緒にいられる時間は長くなる。そこまで考えてから、嬉しい反面、報われることのない片思いの相手とずっと一緒にいることの辛さがこれからも続くことを覚悟する必要があった。それは世間的に許されない気持ちであることも十分承知している。だが、第二の人生、こういう生き方も悪くない。

「その話、もっと詳しく聞かせて」

これから先、どんなことが待ち受けているだろう。不安もあったが、それよりも新しい道が拓けたような感覚が心地よかった。独りじゃない。そう思うと何でもできるような気がしていた。母が亡くなった今、無理をして婚活をする必要もない。確かに少し歪な関係だが、野原がこれからの人生のパートナーとなってくれるかもしれない。

風が吹き、ふわりと金木犀の香りがした。

そばに母がいるような気がして、さっきの野原の台詞を思い出し、思わず笑顔になる。それはすぐ隣に母が現れたかのような、そんな優しい香りだった。私は心の中で、静かに母に別れを告げた。

あとがき

もしも自分の親がいきなり、認知症になったら…。

これはどんなホラー作品よりも怖い、でも、高齢化社会において、誰もが通ることになる通過儀礼だと思っています。

数年前、私はとある介護施設に派遣され、ケアワーカー（無資格でも介護が必要な方に介助を行える人）を3年ほど経験しました。元々は本業であるライターの仕事があり、介護施設の記事を書く仕事が予定されている、ということだったので、どんな世界なのだろうという好奇心と、ダイエットのつもりで始めたのがきっかけです。かなり不純な動機ですが…。

その中で、認知症の方との接し方、ご家族との関わり合い方、家族の悲しみや怒りなどを学びました。

その体験はとても貴重なもので、ご指導いただいた方々や関わった入居者の方には感謝しかありません。この場を借りてお礼申し上げます。


さて。作家が人工知能に頼りはじめているこの時代に、私は一遍の小さな短編小説を世に送り出しました。

それがこの『ハロー・グッバイ　～婚活女の母、認知症になる～』です。

もちろん（と前置きするのも変ですが）、この作品は人工知能に頼ることなく、自らの力と経験を生かし、何度も推敲を重ね、友人や出版社さんにもチェックをしていただいて出来上がった、宝物のような作品です。発刊できて本当に嬉しい気持ちでいっぱいです。

人工知能を使うことに関して私的な考えを申しますと、私にとって小説を書くことはワクワクする気持ちでいっぱい。どういう表現にしようとかどんな世界観にしよう、とかを考えるのが楽しみなので、そんな楽しい作業をＡＩに任せるなんて楽しみを奪われるようでもったいない…というのが現在の見解です。

前置きが長くなりましたがそんなわけで小説を書く時、私はたいていそのキャラクターのヒーロー、ヒロインに恋をしています。どうしたらその人の魅力が伝わるんだろうか…。片恋しているあの人の一部分を切り取ってモデルにしよう…、素敵な友人のあんな所をツギハギにして描写しよう…などなど…。そういう点では、作品に出てくる野原は私の理想の男性像が都合よく描かれていたかもしれません。ちょっと出来すぎたヒーローを描いてしまったかもしれませんが、そこは夢物語。物語はどんなに深刻な悩みが描かれようと、最後はハッピーな内容で楽しんでもらえるようにしたいと常々考え、創作しております。

ちなみに婚活の経験も認知症の方に対する接し方や考え方、カギ屋の仕事など専門性のある題材は、取材をもとにした完全な創作で、自伝小説ではありません。

ですが、一人の女性を通し、社会が抱えている問題について考えるきっかけになるような小説になったのではないかと自負しております。

改めてこの作品を本にしてみませんかと一番最初にアプローチいただいた、出版企画部主任の砂川さん、めげずに二度目のアプローチをしてくださった編成企画部の岡林さん、そして編集の松坂さん。そして最後にアドバイスをいただいた「麦のふく旅」の麦ちゃん、前原デザイン室の前さん、表紙のモデルとなる彫刻作品を手がけた森田雅巳さん。ほんのちょっとですが表紙の相談にのってくれた井村光明さん。みなさんのお声かけとサポート、出逢いがなければこの本はこのような形で世には出ていなかったと思います。本当にありがとうございました。
機会があれば続編も書きたいなという思いがないわけではありません。この本がたくさんの方の手に渡るよう祈っております。またこの本を買ってくださった読者のみなさん、本当にありがとうございました。引き続き作家活動は続けていく予定ですので、よかったら応援してください。励みになります。

片山 円水

著者プロフィール

片山 円水（かたやま えみ）

北九州市出身。

福岡県立小倉南高等学校普通科英語コース、北九州職業能力開発短期大学校 デザインシステム系 産業デザイン科卒。

グラフィックデザイナーを経て地元の出版社である文榮出版社の編集部員として活動。旅行やグルメを取り扱う専門誌で、旅行やグルメに目覚める。その後、制作会社スプラッシュを経て、フリーランスでクリエイティブディレクター兼コピーライターとして活動中。

コピーライター養成講座基礎コース福岡教室第18期生。趣味はドラマ・アニメ鑑賞。好きなアーティストはスネオヘアー。理想の男性は所ジョージ。ビジネスネームはエミッコ。

ハロー・グッバイ　～婚活女の母、認知症になる～

2024年６月15日　初版第１刷発行

著　者　片山 円水
発行者　瓜谷 綱延
発行所　株式会社文芸社
〒160-0022　東京都新宿区新宿1－10－1
電話　03-5369-3060（代表）
03-5369-2299（販売）

印刷所　株式会社暁印刷

ISBN978-4-286-25390-9